Bildatlas

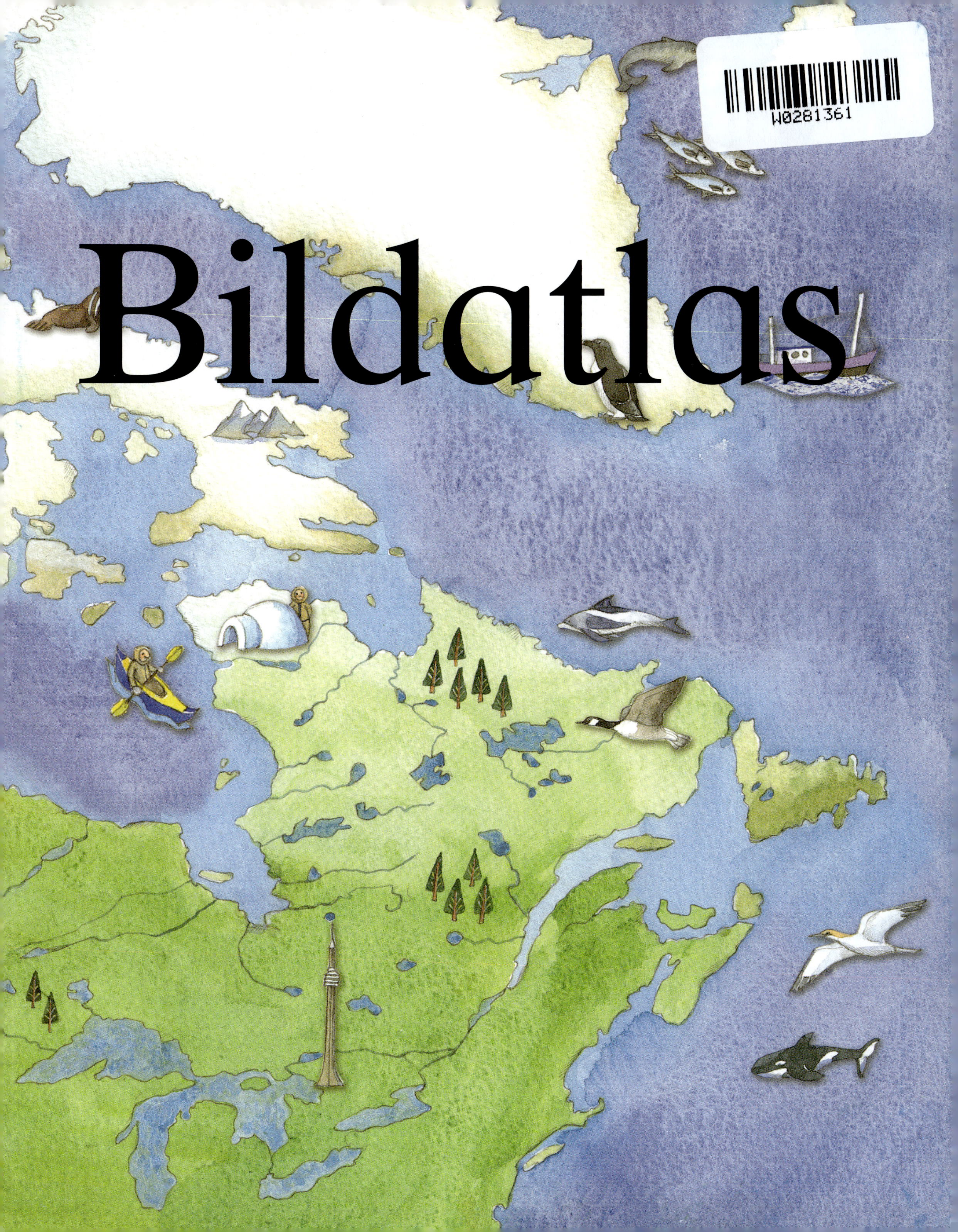

Formgivning: Iain Ashman
Kartkonsult: Cosmographics

Svenska utgåvan producerad av Replik in Sweden AB
Översättning: S. A. Abrahamsson

ISBN 978-91-7902-700-1

Tryckt i Indonesien

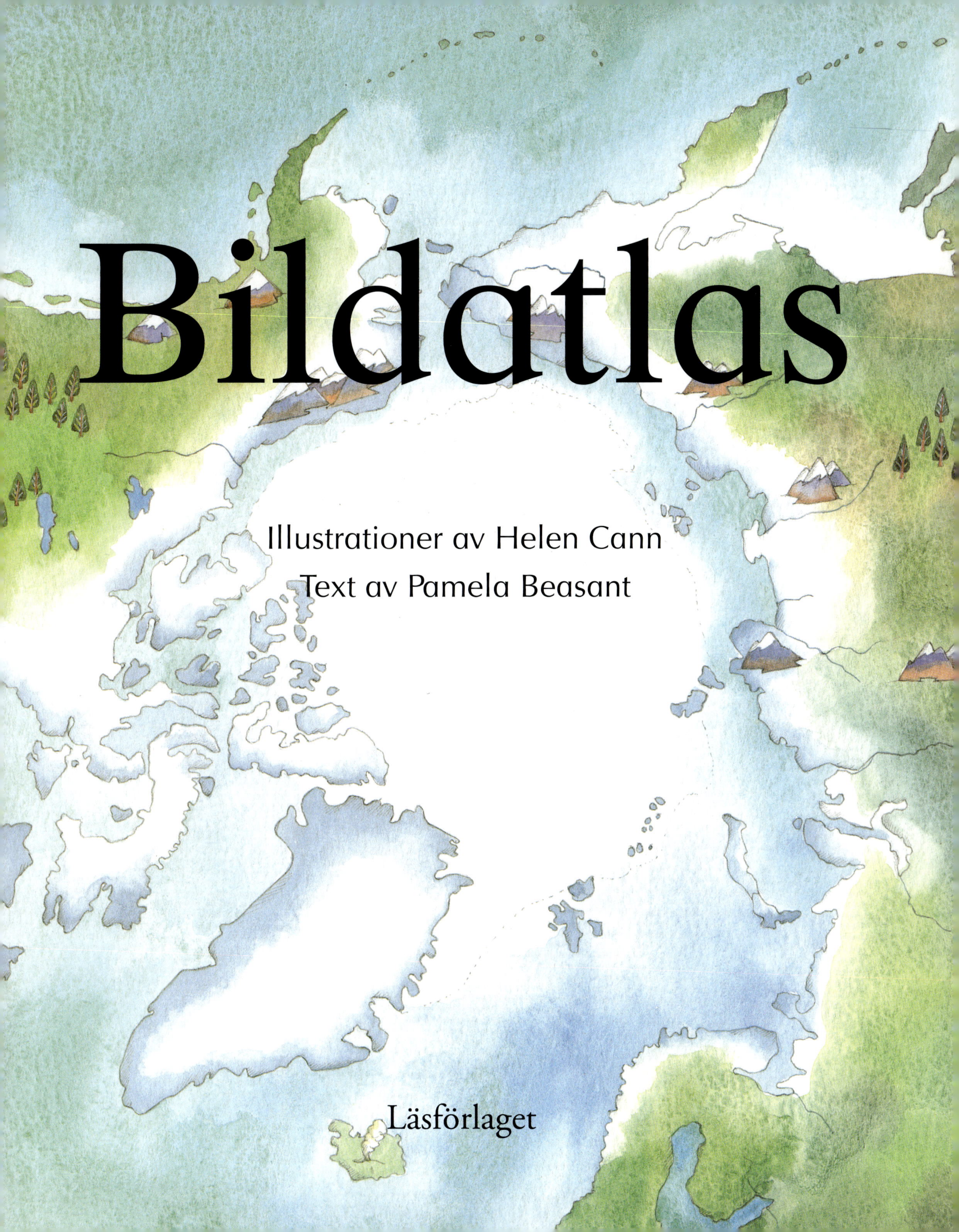

Bildatlas

Illustrationer av Helen Cann

Text av Pamela Beasant

Läsförlaget

Innehåll

Så fungerar världen 8

Så ser världen ut 10

Om kartor 12

Världen 14

Arktis 16

Antarktis 17

Canada 18

USA 20

Centralamerika och Västindien 22

Sydamerika 24

Västra Europa 26

Östra Europa 28

Eurasien 30

Mellanöstern och västra Asien 32

Sydöstra Asien 34

Norra Afrika 36

Södra Afrika 38

Australasien och Oceanien 40

Upptäcktsreseleken 42

Ordförklaringar 44

Register 46

Så fungerar världen

Vår värld är en fantastisk plats! Det är den enda planet vi känner till där människor, djur och växter kan leva. Vi kan leva här därför att vi har vatten och solljus, kan odla mat och andas luften som omger jorden.

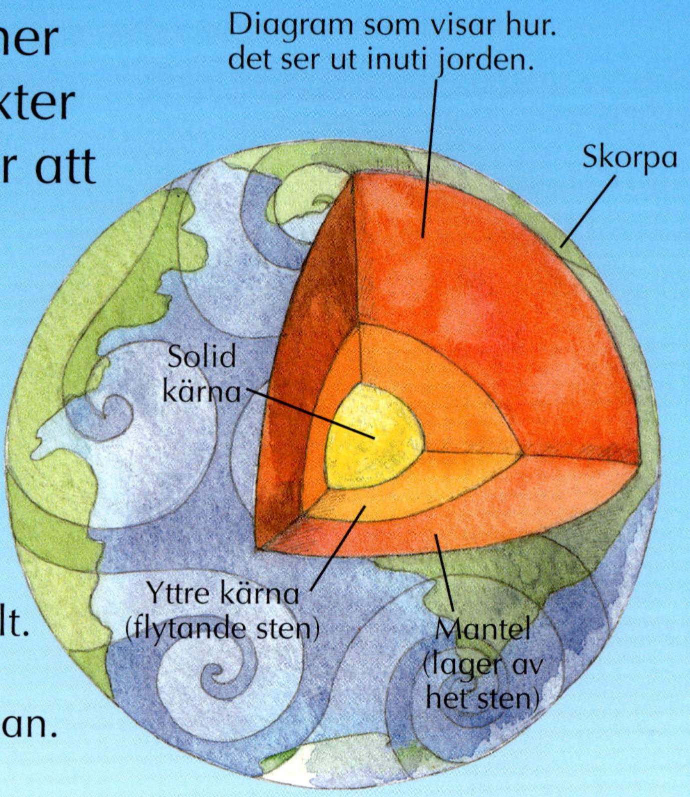

Vad består jorden av?

Vår planet består nästan bara av sten. Nära jordens mitt (som kallas för kärnan) är det så hett att stenen har smält. Vi bor på ett tunt lager av mark ytterst runt planeten. Det lagret kallas för skorpan.

Plattor

Jordskorpan består av jättestora stenskivor som kallas för plattor. Ibland gnider kanterna på plattorna mot varandra. Det är då jordbävningar uppstår. Ibland tränger het gas och sten från det inre av jorden, under jordskorpan, fram i stora explosioner. Det kallar vi för vulkanutbrott.

Varmt och kallt

Jorden snurrar runt solen. Ett varv runt solen tar precis ett år. Jorden värms upp av värme från solen. Varmast är det där solljuset kan gå rakt ner till jorden, vid ekvatorn. Kallast blir det vid polerna, där solens ljus måste tränga genom ett tjockare luftlager.

Jorden snurrar runt solen och månen snurrar runt jorden.

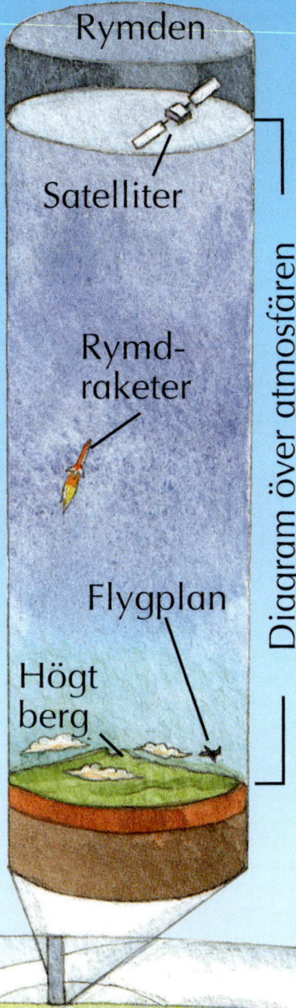

Atmosfären

Runt jorden finns ett luftlager som kallas atmosfären. Där finns det syre vår kropp behöver och som vi andas in. Ju högre upp från jordytan man kommer, desto tunnare blir atmosfären. Till slut försvinner den helt. Högre upp finns rymden, och människor som far dit måste ha andningsapparater.

Hur människor lever

Människor kan leva på nästan alla landområden på jorden, men på vissa platser är det svårt att överleva. Där det är som varmast, som i öknar, kan solens hetta döda och det finns ofta för lite att dricka. Där det är som kallast kan kölden döda. Vid polerna kan människor till exempel bara överleva utomhus om de har tjocka lager skyddande kläder.

Atmosfären

Väder

Att vädret varierar beror på att luften flödar runt jordklotet. Stormar blir det när luften flödar fram mycket snabbt. De värsta stormarna kallar vi för orkaner – då blåser vinden mycket snabbt och kan göra stor skada.

VISSTE DU?

Vattnet på jorde återanvänds på naturlig väg. Vatten från hav, floder och sjöar stiger som ånga (avdunstar) upp i luften. Sedan förs det med vinden runt jorden och faller tillbaka ner som regn.

Så ser världen ut

Vår planet ser mycket olika ut beroende på var man befinner sig. Det finns höga berg, breda floder, väldiga skogar, vida slätter och stora öknar. I vissa delar finns bördig jordbruksmark, medan det på andra platser är ont om vatten och svårt att odla. Hur människor lever beror delvis på vädret och landskapet där de bor.

De högsta bergen på jorden är Himalayabergen i Asien.

Den längsta bergskedjan är Anderna i Sydamerika.

Berg

Berg är de delar av jorden som höjer sig högst upp från jordskorpan. De har funnits i miljoner år. Flera berg tätt tillsammans i samma område kallas en bergskedja.

Skogar

Skogarna på jorden är mycket viktiga eftersom träden ger ifrån sig det syre vi behöver andas. Av skogarna får vi också trä. Tropiska regnskogar är skogar som växer i varma, fuktiga delar av jorden.

Den största regnskkogen är Amazonskogen i Sydamerika.

Floder

Alla floder är först mycket små och börjar i berg eller kullar. Medan de flyter fram rinner mer vatten till och de blir djupare och bredare. Till slut rinner de ut i havet.

Den längsta floden är Nilen i norra Afrika.

Öknar

Öknar är stora land-områden där det finns mycket lite vatten. Få växter kan klara sig i öknar och där är svårt att överleva. De flesta öknar är heta, men några är i stället kalla.

Det finns några få djur och växter som klarar sig bra i öknar.

Ökenfolkslag, som kallas nomader, har lärt sig att leva i ökenområden.

Gräslandskap

På många delar av jorden finns stora, platta gräslandskap. I Nordamerika kallas de prärier. I Sydamerika pampas, i Afrika savanner och i Europa kallas de stäpper.

I Afrika kallas gräs-landskapen savanner. Där bor måga olika vilda djur.

Länder

Vi säger att jordytan består av sju stora områden som vi kallar kontinenter. Men överallt har männniskor också delat in sig i länder, som är mycket olika stora och fungerar på olika sätt.

Det minsta landet är Vatikanstaten mitt i Italiens huvudstad Rom.

Det största landet är Ryssland.

Mellan länder finns gränser, som ländernas ledare ofta inte vill att människor fritt ska få korsa. På kartorna anges gränser i rött.

Städer

I de flesta länder finns både stora städer och små byar. Den stad i ett land där regeringen finns kallas huvudstad. På kartorna anges huvudstäder med blå kvadrater.

VISSTE DU?

Det finns över 190 länder på jorden och det finns mer än 3 000 olika språk som talas av små eller stora grupper av människor.

Om kartor

Kartor visar, mer eller mindre realistiskt, hur en plats ser ut sedd högt uppifrån. De visar konturerna av ett land, en stad eller något annat och så många detaljer som möjligt av hur där ser ut och vad människor gör där. Förr ritades kartor av människor som vandrade runt och studerade platsen. Nu används foton tagna av satelliter i rymden till att göra mycket rättvisande kartor.

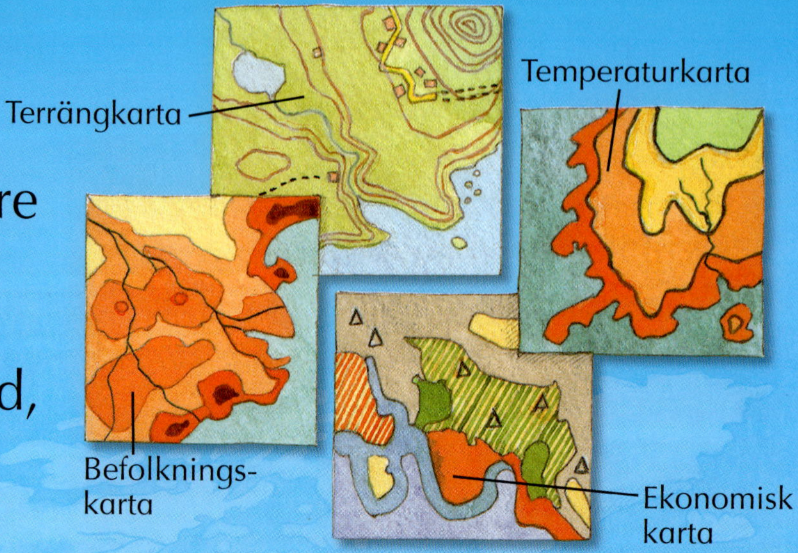

Kartor med bilder

Kartor kan visa olika saker. Oftast tänker vi på sådana som visar hur en plats ser ut, så att man kan hitta där. Men kartor kan också visa temperatur, hur marken används eller hur många människor som bor på en plats. I den här boken visar kartorna jordens länder med inlagda bilder.

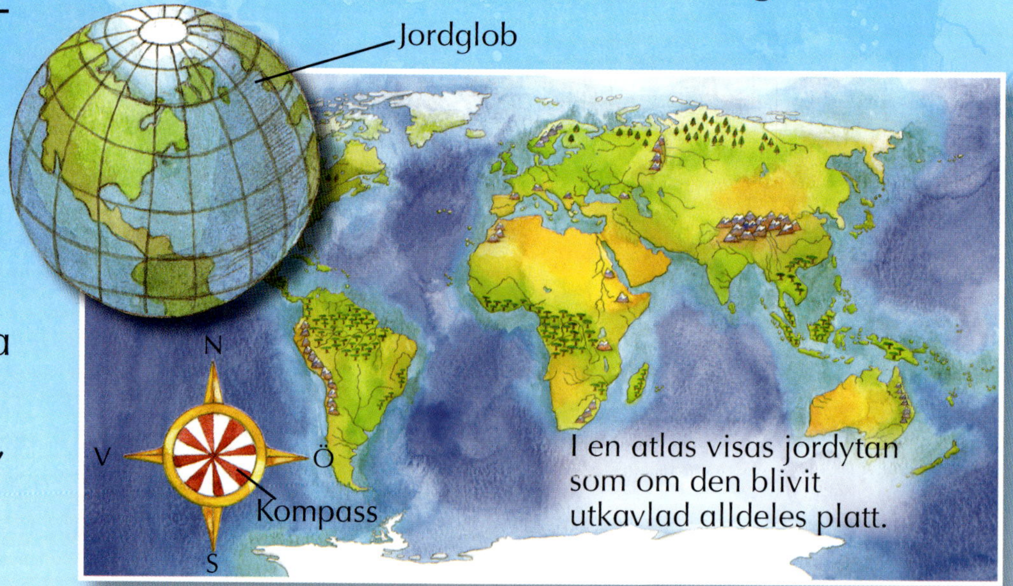

Platt värld

Jorden är formad som ett klot, och bästa sättet att göra en karta är på en jordglob. I en kartbok, eller atlas, ser en världskarta ut som om jorden vikts upp och rullats ut platt. Sådana kartor kan aldrig bli lika rättvisande som kartan på en jordglob.

Norr och söder

På de flesta kartor finns tryckt en kompass som visar riktningen mot norr, söder, väster och öster. Alla kartor i boken innehåller en kompass.

Ekvatorn

På kartor visas ofta en tänkt linje runt mitten på jordklotet. Den kallas ekvatorn och delar in jorden i ett nordligt och ett sydligt halvklot. Nära ekvatorn är klimatet mycket varmare och fuktigare än längre åt norr och söder.

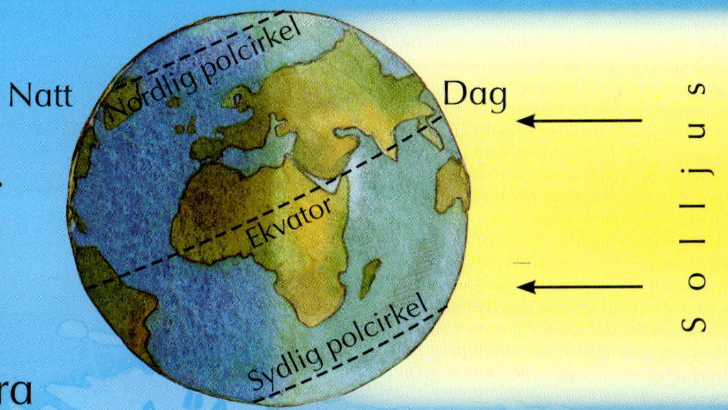

Linjerna som visar polcirklarna runt arktis och antarktis (nord- och sydpolen) markerar de delar av jorden där dagar och nätter blir som längst. Under halva året är där ljust dygnet runt, under andra hälften av året går solen aldrig upp.

VISSTE DU?

Den äldsta bevarade kartan i världen är cirka 4000 år gammal (från cirka 2250 före vår tideräkning). Den visar floden Eufrat i det dåtida landet Mesopotamien (numera Irak) och är ritad på en lertavla.

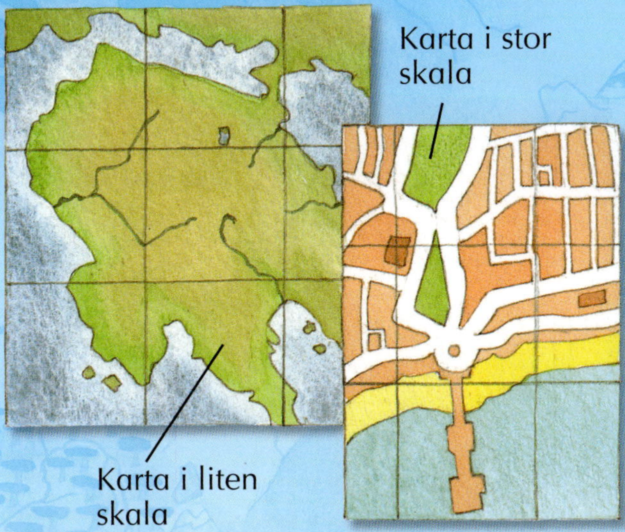

Stora och små kartor

Kartor kan visa mycket stora områden, som hela jorden, eller ett litet område, som en enda by. På en världskarta motsvarar några millimeter kanske flera mil. Förhållandet mellan avstånd på kartan och i verkligheten kallas för kartans "skala".

Kartsymboler

De som gör kartor använder symboler för att visa sådant som städer, berg och skogar. Ibland finns det en förklaring till vad symbolerna på kartan betyder. Symboler på kartor kallas karttecken.

Här har du en förklaring till några av karttecknen i den här boken.	Flod	**Barrskog**
Stad	Sjö	Gräns mellan länder
Huvudstad	Regnskog	Berg

Världen

Landmassorna där vi lever omges av världshaven. Stilla havet är jordens största och djupaste ocean. Det täcker ungefär en tredjedel av vår planet.

De sju kontinenterna är: Nordamerika, Sydamerika, Asien, Afrika, Europa, Australasien och Antarktis. Deras gränser är inritade på kartan.

På jorden lever över 6,5 miljarder människor.

De stora regnskogarna på jorden bidrar till att bilda luften vi andas. Den största regnskogen finns i Brasilien i Sydamerika. Andra ligger i Centralamerika, Afrika, Asien och Australien.

På land ligger de högsta bergen i kedjan Himalaja i Asien. Den högsta bergstoppen är Mount Everest.

På havens botten finns djupa sänkor. Marianergraven i Stilla havet är 10 911 m djup.

De högsta bergen på jorden ligger under havet. Mauna Loa är ett berg i Stilla havet. Toppen sticker upp ur havet och bildar en ö. Skulle hela berget lyfta sig upp ur vattnet, skulle det vara större än Mount Everest.

De stora floderna är kontinenternas livlinor. De förser landet med vatten och på dem färdas människor och förnödenheter genom länderna.

Asien är den största kontinenten. Den minsta är Australasien.

Arktis

Arktis är ett fruset hav, omgivet av land. En tänkt linje som kallas norra polcirkeln markerar var det finns.

På sommaren smälter en del av isen på Arktis, men det är fortfarande väldigt kallt.

Inuitfolken bor i Arktis. De är skickliga jägare och har kommit på sätt att överleva den extrema kylan.

Antarktis

Antarktis är den kallaste platsen på jorden. Den består av land som är täckt med is och snö. Nästan inget kan överleva där.

Ingen bor i Antarktis hela tiden, men det finns en del forskningsstationer uppsatta av olika länder. Vetenskapsmän besöker baserna för att göra olika experiment.

På Antarktis har man mätt upp den lägsta temperaturen någonsin. Det var -89,2°C.

Forskarna tror att isen på Antarktis smälter. Om det händer blir världens oceaner djupare och en del av landmassorna kommer att täckas av vatten.

Canada

Canada är ett mycket stort land. Det har många höga berg och är mycket kallt på vintern. Delar av Canada ligger innanför polcirkeln.

Canada har mängder av olja under markytan som ingen någonsin har använt.

Klippiga bergen sträcker sig genom västra Canada.

Grönland är världens största ö. Den hör till Danmark. Nästan ingen bor där.
narval
ISLAND
Reykjavik
Island är en del av Europa. Det har många vulkaner och gott om varma källor, som kallas gejsrar.
Qaanaaq
grönlandssäl
GRÖNLAND
(DANMARK)
Canada
Baffin Bay
valross
grönlandsval
Polcirkeln
tordmule
sill
trålare
Baffin Island
Davis Strait
Nuuk
Canada ligger högst upp på den nordamerikanska kontinenten. Det är det näst största landet i världen.
torsk
Foxe Basin
Southampton Island
Hudson Strait
I Canada talar man både engelska och franska.
vitnos
Hudson Bay
igloo
ATLANTEN
kajak
kanadagås
Belcher Islands
CANADA
Newfoundland
St John's
St Lawrence River
Gulf of St Lawrence
Prince Edward Island
De stora sjöarna är insjöar. De förbinds med Atlanten genom St Lawrence River.
Charlottetown
Fredericton
Halifax
Quebec
Nova Scotia
havssula
CN Tower
Montreal
N
Ottawa
Lake Superior
Toronto
V
Ö
späckhuggare
Lake Huron
Lake Ontario
Niagarafallen
Lake Michigan
Lake Erie
S

USA

Amerikas förenta stater (USA) består av 50 delstater. I olika delar av USA finns berg, skogar, sjöar, prärier och öknar.

Alaska och Hawaii är delstater i USA. Kan du hitta dem på världskartan?

Människorna som levde i Amerika innan USA bildades kallas för indianer. Det finns många olika indianstammar, bland dem till exempel siouxer och navahoer.

Människor har kommmit från alla delar av världen för att bosätta sig i USA. Det dominerande språket är engelska, men många talar spanska.

Frihetsgudinnan i New Yorks hamn är jorden runt en symbol för USA.

Huvudstaden i USA heter Washington DC. Där lligger Vita huset, där presidenten bor.

USA är det land som mer än något annat utforskat rymden. Den första människa som landat på månen var Neil Armstrong år 1969. Många rymdfarkoster har startat från Cape Canaveral i Florida.

Varje år blåser många orkaner i södra och mellersta USA. År 2005 träffade orkanen Katrina staden New Orleans. Delar av staden förstördes av de starka vindarna och översvämningarna.

Centralamerika och Västindien

Många stormar bildas över Mexikanska golfen och rör sig inåt land, där de ibland åstadkommer stora skador.

Den spanske upptäcktsresanden Hernando Cortés seglade till Centralamerika på jakt efter guld. År 1519 landsteg han i Mexico. Folket som levde där, aztekerna, hade ett stort imperium. De besegrades av Cortés och deras rike gick under.

Mexico City är byggd på ruinerna av aztekernas huvudstad Tenochtitlan.

Den här smala landtungan skapades av vulkaner för många miljoner år sedan.

Panamakanalen förenar Stilla havet med Atlanten. Den är en genväg för fartyg, så att de slipper segla runt Kap Horn, sydamerikas sydspets.

På Galapagosöarna finns många ovanliga fåglar och djur. Biologen Charles Darwin, den förste som skrev att levande varelser utvecklas (förändras) för att anpassa sig till omgivningen, kom fram till några av sina idéer sedan han besökt öarna.

Tusentals öar bildar tillsammans Västindien. Många av dem är mycket små och där bor få eller inga människor. Öarna är topparna på en bergskedja som ligger under havsytan.

Christopher Columbus seglade västerut från Europa. Han försökte hitta en enklare väg till de rika länderna i Österlandet. 1492 landsteg han på San Salvador, en av Bahamasöarna, och trodde att han kommit till Indien. Det är därför öarna kallas Västindien och folket som levde där och i Nord- och Sydamerika kallas för indianer.

Sydamerika

Sydamerika är en stor kontinent. Där finns berg, regnskogar och stora grässlätter, som kallas pampas och sträcker sig milsvitt.

De viktigaste av de språk som talas i Sydamerika är spanska, portugisiska och engelska.

Amazonfloden är den näst längsta av jordens floder.

Titicaca är den högst belägna sjön på jorden. Den ligger 3 812 m över havsytan.

För många hundra år sedan levde inkaindianerna i Peru. De erövrade ett rike som sträckte sig över Chile och Ecuador. Inkafolket dyrkade solen och gudar i naturen. Många människor besöker ruinerna av Machupicchu, som var en av inkafolkets stora städer.

Anderna är den längsta bergskedjan på jorden. Människor lever högt uppe på bergen. De använder lamor för att bära tunga lass längs de smala bergsstigarna.

Brasiliens regnskog är den största på jorden. På många ställen är skogen så tät att solljuset inte når ner till marken. Det regnar varje dag och ibland svämmar Amazonfloden över.

Träden i regnskogarna bidrar till att skapa luften vi andas. Men på många håll har träden huggits ner för att man ska kunna odla jorden. Skulle regnskogarna försvinna är det troligt att det skulle påverka klimatet på vår planet.

Havet runt Kap Horn är mycket farligt för fartyg. Där finns starka strömmar och våldsamma stormar.

Sydamerikas sydligaste udde ligger nära Antarktis. Där är mycket kallt.

Västra Europa

Europa består av många olika länder. Förr i tiden härskade europeiska länder över många avlägsna delar av världen. Det finns fortfarande öar långt borta som styrs från Europa. Sådana platser kallas "territorier".

En varm havsström, Golfströmmen, löper från Nordamerika förbi Europa och in i polcirkeln. Fanns inte den skulle havet runt norra Europa vara mycket kallare och vintrarna längre och hårdare.

I de nordligaste delarna av Europa är det mycket kallt. Delar av Norge, Sverige och Finland ligger norr om polcirkeln.

Större delen av Europa har milt klimat, vilket betyder att det inte ständigt är vare sig mycket varmt eller mycket kallt.

I länderna i södra Europa är det mycket varmt på sommaren.

De flesta av länderna i Europa är med i en grupp som kallas Europeiska Unionen. Många av de länderna har numera samma valuta (pengar), som kallas Euro.

Medelhavet är varmt och inte särskilt djupt. Bara ett smalt sund förbinder det med Atlanten. Av det skälet finns nästan inget tidvatten alls i Medelhavet.

Östeuropa

Den här delen av Europa rymmer många länder. Längst upp i norr är klimatet väldigt kallt. Nere i söder är det mycket varmare.

1917 utbröt en revolution i Ryssland och kungen (som kallades tsar) och hans familj dödades. Landet styrdes av kommunistpartiet till 1991. Nu har man en vald president.

Volga är Europas längsta flod.

En av världens värsta kärnkraftsolyckor inträffade i Tjernobyl i Ukraina 1986. Radioaktivt material spreds tusentals kilometer över många länder.

POLEN
Warszawa
Pripet
En del europeiska länder styrdes under många år av Sovjet-ryssland. De är nu självständiga.
Tjernobyl
Kiev
UKRAINA
Prag
Krakow
TJECKISKA REP.
Lvov
vildsvin
Dnjepr
SLOVAKIEN
Wien
Bratislava
Vlad Draculs slott
MOLDAVIEN
ÖSTERRIKE
Budapest
Karpaterna
Chisinau
Odessa
UNGERN
SLOVENIEN
Ljubljana
Zagreb
KROATIEN
RUMÄNIEN
olja
Belgrad
Bukarest
Sarajevo
BOSNIEN - HERCEGOVINA
SERBIEN
Donau
druvor
Podgorica
Sofia
BULGARIEN
MONTENEGRO
Skopje
Tirana
ALBANIEN
Thessaloniki
olivträd
MAKEDONIEN
GREKLAND
ITALIEN
Aten
Parthenon
Medelhavet
Kreta (Grekland)
Iraklion
Rhodos (Grekland)
kosackdansare
olja
Donetsk
Volgograd
Volga
Kaspiska havet
KAZAKHSTAN
utter
Krim
Sevastopol
Svarta havet
stör
Bosporen och Dardanellerna binder samman Svarta havet och Medelhavet.
Bosporen
Istanbul
Hagia Sofia
Ankara
Dardanellerna
TURKIET
Izmir
olivträd
Konya
Taurusbergen
Adana
CYPERN (Turkiet, Grekland)
Nicosia
Cypern är i praktiken delat i två sedan 1970-talet. Den norra delen styrs av personer med anknytning till Turkiet, den södra av dem lojala med Grekland.
AZERBAJDZJAN
Kaukasus
Tbilisi
GEORGIEN
ARMENIEN
Jerevan
Trabzon
Samsun
Van
kronhjort
druvor
bomull
N
V
Ö
S
SYRIEN
Damaskus

Eurasien

Eurasien innehåller delar av Europa och Asien. Ryssland går genom hela och är världens största land.

Den del av Ryssland som ligger väster om Uralbergen anses ligga i Europa. Öster om Uralbergen ligger i Asien.

Ryssland har stora områden öppen gräsmark, kallade stäpper.

Ryska rymdhamnar kallas tidigare kosmodromer. En kosmonaut är det ryska ordet för astronaut.

En del av de mindre länderna nedanför Ryssland, som Kazakstan och Turkmenistan, var delar av Sovjetunionen fram till början av 1990-talet, när de blev självständiga. Sovjetunionen styrdes av Ryssland.

Mellanöstern och västra Asien

Döda havets stränder är den lägst liggande markytan i världen.

Den heliga staden Mekka ligger i Saudiarabien. Muslimer från hela världen vänder sig mot Mekka när de ber.

Ruinerna efter den urgamla babyloniska kulturen finns i Irak.

Indiska oceanen är det tredje största havet, efter Stilla havet och Atlanten.

Arabiska beduiner bor i öknarna i Mellanöstern. De flyttar från plats till plats för att hitta mat och vatten åt sig själva och sina djur.

Länderna till vänster här på sidan utgör en del av Asien som kallas Mellanöstern. Länderna där är varma och torra, och det är svårt att odla saker. Många länder i Mellanöstern producerar olja som används i resten av världen.

Asien är den största kontinenten i världen. Det bor mer än tre miljarder människor i dess olika länder. Här finns Himalaya, världens högsta bergskedja. Ordet ”Himalaya” betyder ”land av snö”.

En del länder har gränser som ifrågasätts av andra länder. Så är fallet i Mellanöstern och Asien.

Kina, Indien och Sri Lanka producerar det mesta av allt te i världen.

Ganges är Indiens största flod. Den kommer från Himalaya och rinner ut i Indiska oceanen. Många i Indien tror att Ganges är en helig flod.

Sydöstra Asien

Både Kina och flera öriken är delar av sydöstra Asien. I Kina lever mer än en miljard människor, fler än i något annat land i världen.

Huang Ho (Gula floden) och Yangtze Kiang är de två största floderna i Kina. I många hundra år har kineserna använt floderna för att färdas och transportera egendom runt om i landet.

Japan består av en grupp långa, smala öar. Det högsta berget i Japan är vulkanen Fuji.

Kinesiska muren i Kina byggdes för över två tusen år sedan. Den är 2 400 km lång.

Taipei 101 i Taiwan är den högsta bebodda byggnaden i världen. Den är 508 m hög.

Monsunen är en vind som blåser in från Indiska oceanen och under regntiden bär med sig mycket häftiga regnväder till delar av södra Asien. Under andra tider av året regnar det sällan här.

Utanför Asiens sydöstra kust ligger tusentals öar. Många av dem utgör länder som Filippinerna och Indonesien. Indonesien består till exempel av över 3 000 öar.

I länderna i Sydostasien tillverkas kläder och andra varor som köps av människor runt om i världen.

Hong Kong är en liten, oerhört tätbefolkad ö utanför Kinas kust. Fram till 1997 styrdes den av Storbritannien, men blev sedan en del av Kina. Här bor och arbetar många människor från alla delar av världen, vilket gör Hong Kong till en märklig blandning av öst och väst.

Norra Afrika

Afrika är den näst största av kontinenterna på jorden. Där finns 53 länder. I Afrika finns väldiga öknar, berg, savanner (gräsślätter) och regnskogar. Stora delar av Afrika är varma och torra, vilket gör det svårt att odla.

Nilen är jordens längsta flod (6 690 km). Den rinner norrut genom Egypten. Forntidens stora egyptiska kutlur växte fram längs Nilens stränder.

Suezkanalen byggdes för att förena Röda havet med MedelhavetDen är 160 km lång.

I Afrika talas många olika språk. I länderna norr om Sahara talar man arabiska. Längre söderut talar många afrikaner inte bara sitt eget språk, utan också franska eller engelska.

På Afrikas väldiga grässlätter, savannerna, lever otaliga djur. Många jagades förr för sina hudar och var nära att bli utrotade. Numera finns mycket stora reservat där de kan leva skyddade.

I de centrala delarna av Afrika finns väldiga regnskogar.

Södra Afrika

En stor del av södra Afrika består av högt belägna grässlätter. Det finns också öknar och berg liksom stora fyndigheter av guld, diamanter, koppar och tenn.

Kongofloden (förr Zairefloden) är en av de längsta floderna i världen. Den flyter genom tät djungel och är en central transportled för människorna i Centralafrika.

Förr styrdes många länder i Afrika av europeiska länder. Nu är nästan alla självständiga, vilket betyder att de styr sig själva.

Här och där finns vattenhål på Afrikas heta, torra savanner. Utan dem skulle människor och djur inte kunna överleva.

Delar av mellersta och södra Afrika kartlades för första gången av den skotske upptäcktsresenären David Livingstone. Han var den förste europé som fick se Viktoriafallen. Han dog under en resa 1873.

I Sydafrika kämpade Nelson Mandela för de svarta invånarnas rättigheter. Efter att ha suttit 28 år i fängelse på Robben Island blev han år 1994 landets första i fria val utsedda president.

Afrikas sydligaste punkt kallas Godahoppsudden. Där går en av världens mest riskfyllda fartygsleder.

Viktoriasjön är världens näst största sötvattenssjö, totalt 67 850 kvkm.

Madagascar är en av världens största öar. Enbart här och på Komorerna lever lemurer i frihet.

Viktoriafallen är världens bredaste vattenfall, cirka 1,7 km från sida till sida. Ortsbefolkningen kallar det "mosi-oa-tunya", som betyder "den mullrande röken".

Det finns många olika folkslag i Afrika och de talar många olika språk. I Sydafrika bor bland annat zulu- och xhosafolken. I xhosafolkets språk ingår tungklickanden som ett språkljud.

Australasien och Oceanien

Australasien är den minsta av jordens konti-nenter. Den omfattar Austra-lien, Nya Zee-land och många andra önationer.

Uluru (som också kallas Ayers Rock) är världen största stenmonolit, kvar sedan den omgivande berggrunden vittrat bort. Den är full av gamla målningar och rist-ningar av aboriginer, som var Australiens urinvånare.

Öknen i norra Australien kallas av australiensarna för "Outback". Där är svårt att överleva, eftersom där finns mycket lite vatten och föda.

Stora barriärrevet sträcker sig 2 012 km genom det grunda havet utanför Australiens kust. Det består av koraller i vackra mönster och färger. Korallerna skapas av mycket små havsvarelser som kallas polyper. Otaliga fiskar och andra havsvarelser lever i och runt revet.

Mikronesien består av 607 små öar.

En atoll är en grupp öar som omger ett område med grunt vatten. Sådana öar består av korall som växt runt undervattensvulkaner.

I Stilla havet nära Australien finns tusentals små öar. I dag är många av ögrupperna självständiga, men några tillhör fortfarande USA, Storbritannien, Frankrike eller någon annan nation.

På somliga av öarna i Stilla havet växer skogen så tät att inga människor någonsin kunnat bo där.

Nya Zeeland består av två huvudöar – Nordön och Sydön. På Nordön finns många vulkaner och varmvattenskällor som kallas gejsrar.

Upptäcktsreseleken

Låtsas att du är upptäcktsresande och reser runt i världen på jakt efter sällsamma djur och platser. När du vill leka upptäcktsreseleken behöver du bara välja några av bilderna nedan och sedan försöka hitta dem på kartorna i boken. Rätt svar finns på sidan 45.

Två igloon

Två orangutanger

Två kiwifåglar

Fyra albatrosser

En alligator

En totempåle

En jordekorre

En glasögon-uggla

En iguana

En manat

En sjörövarflagga

Två sjöleoparder

Tre vithajar

Fyra blåvalar

Två bläckfiskar

Två störar

En klumpfisk

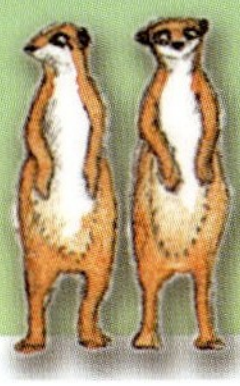

Ett par surikater

En blåsfisk

Två flikfiskar

En tjur som jagar en man

En kosackdansare

En zebra

En flyghund

En fågelspindel

En kungsörn

En saiga

En fläckig hyena

En kameleont

En koala

Ordförklaringar

Atmosfär
Det lager av luft som omger en planet. I jordens atmosfär finns det syre vi behöver för att kunna leva.

Ekvator
En tänkt linje runt mitten av jordklotet, där temperaturen är som högst.

Grässlätt
Ett landområde där växtligheten mest består av olika slags gräs.

Huvudstad
Den stad i ett land där landets regering arbetar.

Jordbävning
När marken skakar och rör sig på grund av att rörelser utlösts i jordskorpan, ofta där plattorna som bygger upp den möts.

Kompass (på kartor)
En symbol på kartor där riktningarna norr, söder, öster och väster är markerade.

Kontinent
De sju huvudsakliga landmassorna på jorden: Nordamerika, Sydamerika, Europa, Asien, Australasien, Afrika och Antarktis.

Kärna
Jordens centrum, som består av oerhört het metall och sten.

Land
Ett område som har en egen regering, invånare och gränser till andra länder.

Magma
Smält (mycket het) sten under jordens skorpa. Ibland väller magma fram på jordytan genom vulkanutbrott.

Mantel
Ett lager magma (mycket het sten) som ligger närmast under jordskorpan.

Monsun
En vind som vid vissa tider om året blåser över Asien med häftiga regn.

Nordpolen
Den punkt på jorden som ligger längst åt norr.

Orkan
En mycket stark vind som kan åstadkomma mycket skada.

Plattor
Enorma sjok av sten som bildar jordens skorpa. De passar ihop som pusselbitar.

Polcirkel

En tänkt cirkel runt jordens poler. Den finns en norra och en södra polcirkel. Cirklarna är dragna längs den linje där solen vid sommarsolståndet inte går ner och vid vintersolståndet inte går upp.

Regnskog

En djungel i en del av vår värld där det är mycket varmt och regnar ofta.

Skorpa

Det lager av sten som omger jordklotet närmast under jordytans land och hav.

Ström

Vatten som flyter åt ett visst håll, vare sig det är i en flod eller ett hav.

Sydpolen

Den punkt på jorden som ligger längst åt söder.

Tundra

Et trakt där det är så kallt att få växter kan överleva. Tundra finns nära den norra och södra polcirkeln.

Öken

Ett område på jordytan där det finns mycket lite eller inget vatten.

TIPS PÅ INTERNETSIDOR

Utgivaren tar inget ansvar för innehållet på de nätsidor som nämns i boken. Eventuella frågor om eller synpunkter på sidornas innehåll bör riktas till respektive sidas upphovsmän. Minderåriga bör tillfråga sina vårdnadshavare innan de använder Internet.

http://sv.wikipedia.org/wiki/Geografi och **http://sv.wikipedia.org/wiki/Världsgeografi** är svenska Wikipedias portaler till information både om geografi i sig och till sidor med information om alla världens länder.

http://www.earthcamforkids.com
Här finns massor av bilder i direktsändning från kameror runt om i världen; man kan titta på kända platser, djur, jorden från rymden och mycket annat.

http://www.earth.nasa.gov/
Sidorna sköts av den amerikanska rymdflygstyrelsen NASA och direktsänder bilder av jorden från satelliter i rymden.

http://www.geografispelet.se/
Ett nätspel där man kan testa sitt vetande om världens länder och huvudstäder.

Svar till sid 42–43: Orangutanger sid 15, 35. Kivifåglar sid 15, 41. Iglooer sid 16,19. Albatrosser sid 14, 17, 25, 41. Totempåle sid 18. Alligator sid 21, jordekorre sid 21, glasögon-uggla sid 22, iguana sid 22, sjörövarflagga sid 23. Manat sid 24, sjöleoparder 17, 25. Vithajar sid 15, 38, 40. Blåvalar sid 14, 17, 25, 41. Bläckfiskar sid 27, 31. Tjur som jagar man sid 27. Kungsörn sid 26. Störar sid 29, 30. Kosackdansare sid 29. Saiga sid 30. Klumpfisk sid 36. Zebra sid 37. Fläckig hyena sid 36. Surikater sid 38. Flyghund sid 33. Kameleont sid 33. Blåsfisk sid 35. Flikfisk sid 35, 40. Fågelspiindel sid 35. Koala sid 40.

Register

Abu Dhabi 32
Accra 36
Addis Abeba 37
Afghanistan 32-33
Alaska 16, 18
Albanien 27, 29
Algeriet 36
Alger 36
Amazonia 10
Amazonfloden 24
Amerikanska Samoa 41
Amerikas förenta stater, se USA
Amman 32
Amsterdam 26
Andamanöarna 33, 35
Anderna 10, 25
Angola 38
Anguilla 23
Ankara 29
Antarktis 11, 17
Antarktiska oceanen 17
Antigua & Barbuda 23
Arabiska havet 32
Arktis 16
Argentina 25
Armenien 29, 30
Asunción 25
Atacamaöknen 14, 25
Athen 27, 29
Atlanten 16, 17, 21, 23, 25, 26
atlas 12
atmosfär 9
Australien 40
Azerbaijan 29, 30

Baffinön 16
Baghdad 32
Bahamas 23
Bahrain 32
Baikalsjön 31
Balearerna 27
Bangkok 35
Bangladesh 33, 34
Barbados 23
Beijing 31, 34
Beirut 32
Belgien 26-27
Belgrad 27, 29
Belize 22
Benin 36
berg 8, 10, 13, 15
Berings hav 16
Berlin 26
Bern 27
Bhutan 33, 34
Bogot· 24
Bolivia 24
Borneo 35
Bosnien-Herzegovina 27, 29
Botswana 38
Brasilia 24
Brasilien 24-25
Bratislava 27, 29
Brazzaville 36, 38
Brunei 35
Bryssel 27
Bukarest 29
Budapest 27, 29
Buenos Aires 25
Bulgarien 29
Burkina Faso 36
Burundi 39

Cabinda 38
Cairo 37
Camerun 36
Canada 16, 18-19, 21
Canberra 40
Caracas 24
Cayenne 24
Caymanöarna 23
Centralafrikanska republiken 37
Chile 25
Colombia 24
Comorerna 39
Cooköarna 41
Corsica 27
Costa Rica 22
Cuba 23
Cypern 29

Damascus 29, 32
Danmark 26
Dar es Salaam 39
Demokratiska republiken Kongo 37, 38
Djibouti 37
Dominikanska republiken 23
Dubai 32
Dublin 26
Döda havet 15, 32

Egypten 37
Elfenbenskusten 36
El Salvador 22
ekvatorn 13
Ekvatorialguinea 36, 38
Equador 24
Eritrea 37
Estland 26, 28
Etiopien 37

Falklandsöarna 25
Fiji 41
Filippinerna 35
Finland 26, 28, 30
floder 10, 13
Frankrike 27
Franska Guiana 24
Franska Polynesien 41
Färöarna 26
Förenade Arabemiraten 32

Gabon 36, 38
Galapagosöarna 22
Gambia 36
Ganges 33
Gaza City 32
Georgien 29, 30
Ghana 36
Godahoppsudden 38
Golfströmmen 26
Grekland 27, 29
Grenada 23
gränser 11, 13
grässlätter 11
Grönland 14, 16, 19
Guadeloupe 23
Guatemala 22
Guinea 36
Guinea Bissau 36
Guyana 24

Haiti 23
Hanoi 34
Harare 39
Havana 23
Hawaii 41
Helsinki 26, 30
Himalaya 10, 33
Honduras 22
Hong Kong 34, 35
Honolulu 41
Hudson Bay 19
huvudstäder 11, 13

Indien 33, 34
Indiska oceanen 17, 32, 33, 37, 39, 40
Indonesien 35
Iran 32
Irak 13, 32
Irland 26
Ishavet 15, 30-31
Islamabad 33
Island 16, 19, 26
Israel 32
Istanbul 29
Italien 11, 27, 29

Jakarta 35
Jamaica 23
Japan 31, 34
Java 35
Jerusalem 32
Johannesburg 39
Jordanien 32
jordbävningar 8
jordskorpan 8
Jungfruöarna 23

Kabul 33
Kambodja 35
Kampala 37, 39
Kanalöarna 27
Kanarieöarna 36
Kap Horn 25
Kapstaden 38
Karibiska havet 23, 24
kartor 12-13
Kaspiska havet 15, 29, 30, 32
Katmandu 33, 34
Kazakhstan 29, 30, 33, 34
Kenya 37, 39
Khartoum 37
Kiev 29, 30
Kina 30-31, 33, 34
Kinshasa 38
Kiribati 41
kompass 12
Kongo 36, 38
kontinenter 11, 14-15
Kreta 29
Krim 29
Kroatien 27, 29
Kuala Lumpur 35
Kuwait 32
Kyrgyzstan 30, 33
Köpenhamn 26

Lakshadweepöarna 33
Laos 35
La Paz 24
Lettland 26, 28
Libanon 32
Lesotho 39
Liberia 36
Libreville 36, 38
Libyen 36-37
Liechtenstein 27
Lima 24